거절하는 몇 가지 방법

실천문학시인선 034
거절하는 몇 가지 방법

2019년 12월 12일 1판 1쇄 인쇄
2019년 12월 12일 1판 1쇄 펴냄

지은이　　　한명원
펴낸이　　　윤한룡
편집　　　　김은경
디자인　　　윤려하
관리·영업　　한해인

펴낸곳　　　(주)실천문학
등록　　　　10-1221호(1995.10.26)
주소　　　　서울특별시 중랑구 상봉로 110, 1102호
전화　　　　322-2161~5
팩스　　　　322-2166
홈페이지　　www.silcheon.com

이 도서는 2018년도 아르코문학창작기금 지원사업에 선정되어 발간된 작품입니다.

실천문학 시인선 034

거절하는 몇 가지 방법

한명원 시집

실천문학사

제1부

제2부

제3부

제4부

제 1 부

아침

안개 너머

새들이

해를 물고 와 수면에 떨어뜨린다

강이 아침을 짓는다

강물이 타는 냄새

출렁임도 없이

김이 솟아오를 때

아가미로 냄새를 빨아들이는

송어들

비늘마다 반짝 살이 오른다

분수

오래전 물줄기와
맞바꾼 나무의 줄기가 있고
바람은 지금 치렁치렁하다
구멍마다 터져 나오는 물줄기
저 고래는 어쩌다 이곳에 잡혀 있나
자신이 포유류라는 걸 알기나 할까
초여름 빛과 만나 철없이 물바람 일으키는 분수
공중에 크고 작은 물 깃발을 꽂는 놀이
고작 아이들의 함성에나 잡혀 놀고 있는 고래 한 마리

제방 위에 버드나무가 일렬로 늘어서 있다
저 끝에서 휘날리는 물 깃발
어느 유랑이 멀리서 보면
공중에 떠 있는 호수라 착각할 신기루다
새들이 그곳으로 날아들자
땅에 떨어지지도 못하고
공중에 갇혀 늘어지는 물줄기

저 빛을 타고 물방울이 달려가는 곳
최초의 발아 온도가 있는 발원지다

초여름 같은 위안이나 삼자는 버드나무와 고래 분수
하나는 떨어지는 중이고
하나는 날아오르는 중이지만 그 박자는 각자 다르다
제각각 줄기로 흔들릴 때
제방은 부풀어 오르고 새들은 초록 호수 위로 날아오른다

체리, 체리

심장에 하얀 호기심을 품고 있구나 둥글둥글한 씨앗으로
는 지내기 어려워 살짝 기울어진 심경으로 어쩌면 그렇게
둥그런 모양을 가질 수 있는지 냉동실에 얼려 믹서에 갈아
아이스크림이나 생크림 위에 올려 먹어 볼까

올망졸망한 호기심
입안 끝까지 남아 있어
뱉어내고 싶은 호기심
결국 뱉어내고야 마는 호기심

너를 심으면 붉은 호기심이 열려 점점 커지다 굴러다니고
싶을 거야 먼 곳까지 날아가고 싶을지도 몰라 긴 꼬리가 생
긴 쪽을 꽁무니라 부르고 그 꽁무니를 줄로 묶어 둘게

체리 씨앗들이 컵 안에서 달그락거린다
저것들을 이어 목걸이 만들어 목에 걸고
길거리를 다녀 보거나 귀지로 만들어 귀에 넣으면

체리 빛깔의 환청을 들을 수 있겠지
눈동자로 삼아 눈 속에 넣으면
사라져 가는 호기심이 다시 생길지 몰라

체리, 체리 붉은 과즙에 심겨진 호기심
험난한 체리나무가 되어야 하는구나

악수의 방식

저쪽에서 흔들었던 손과
이쪽의 주머니 속에서 나온 손이 만나는 곳
오른손잡이로 만나는 우리는 악수일까요
기린은 암컷의 목과 수컷의 목으로 인사할까요
목으로 상대와 힘겨루기를 하고 제짝의
목에 붙어 있는 무늬들을 나뭇잎인 양 핥아 줄까요
그렇다면 기린은 줄기식물일까요
휘감는 넝쿨손이 있기나 할까요

우리는 우리의 왼쪽과 악수할 수 있을까요
왼손잡이의 말과 오른손잡이의 안부를 섞을 수 있을까요

팔딱거리는 맥박으로 물을 수 있는
안부는 얼마나 될까요
손끝으로 헤어지는 횟수는 얼마나 될까요
목으로 인사하는 것들은 방향이 없습니다
목은 리듬을 타기에 적당하고

손은 그 리듬을 사육하고 있기 때문입니다

길게, 짧게 툭툭 구르며
흐르는 숨결에는 음이 묻어 있습니다
깔깔하고 건조하게 굳은 목을 보면
마주 서서 목으로 악수하고
숨결을 가져오고 싶습니다
이 땀을 나누는 방식은 나라마다 달라서
기린의 방식이 가장 적절합니다

풍선껌

아이가 풍선껌을 분다
풍선이 불리고 푸푸 터지는 동안
욕조에 물이 차오른다
동그란 욕조는 누가 부는 풍선인가

입술까지 잠기고
아이의 몸이 물속에서 풍선껌처럼 질겅질겅 씹힌다
힘이 빠지고, 눈이 감기고,
몸이 붕 떠오르며 온기가 돌 때
머리부터 물방울로 변하는 아이
물이 식어 가는 순간에 모락모락 피어올라
구름 만지는 아이로, 꽃다발 묶는 소년, 소녀로
부풀 대로 부풀어 천장에 붕 떠 있다

물속으로 첨벙 얼굴을 담갔다가 떠오르면
친구들과 같이 풍선껌을 불며
꿈에 부풀던 그날

물에 빠진 물의 깊이가 기억나
푸푸거리던 기억이 생각나
풍선껌만 집요하게 아이 얼굴에 달라붙는다

욕조의 마개가 열리고
부풀었던 풍선이
회오리처럼 쭉쭉 빠져나갈 때
단물 빠진 풍선껌처럼
바닥에 뒹굴던 친구들이 생각나
껌을 확 뱉으면서 욕조 밖으로 나간다

커다란 풍선은 물방울로 바뀌고
입과 손에 쪼글거리는 주름들
저것은 물의 소리들
귀 기울여 듣고 싶지 않은 소리들

세월이 지나도 침몰되지 않은 기억

항해하던 배에 풍선을 분 자
도대체 누구란 말인가

얼룩말

어느 날부터
천정에 얼룩말 한 마리가 살고 있다
히힝거리는 소리를 잃어버렸는지
말발굽 소리도 들리지 않는다
언제부터 살고 있었는지
모서리 끝에서 출발하여 중앙을 향해 돌진하고 있다
곤두선 털엔 바람이 빳빳하게 들어 있다
자세히 보면 반대쪽 모서리에서도
이제 막 새끼 얼룩말 한 마리가 태어나고 있다
외출 했다 돌아오면
저 말들은 조금씩 살이 쪄 있었다
자잘한 꽃무늬의 풀들을 뜯고 있는
줄무늬가 희미하게 보인다
방 안에 반듯이 누워 있지만
사실은 저 날뛰는 얼룩말 잔등에 엎드려 있는 것 같다
아주 오래전 이 지하방은
말들이 뛰놀던 자리였는지 모른다

여름이 장마의 울타리 안에서 머뭇거리고
어느새 얼룩말은 형광등 근처까지 몰려와 있다
맹수라도 뒤따라오는지, 물웅덩이를 지나는지
가끔 물방울이 떨어진다
어쩌면 목이라도 물린지 몰라
더 많이 두둑거리며 떨어지는 물방울 혹은 핏방울
지열은 더 눅눅하게 치솟고
얼룩말은 웅덩이와 맹수를 피해 어느 들판을 달리고 있나
우기의 들판, 내가 누우면 이내 멈춰 서는
큰 얼룩말 한 마리가 살고 있다

펄럭거리는 별자리

비가 새는 지붕이 많아
극빈의 모습이 가끔 별자리가 되기도 한다
가장 아래에 있는 지붕들
내려다보는 별자리들이 있다
누수를 전설로 품고 있는 별자리
펄럭거리는 바람이 아니면 세상에 존재하지도 않을 별

저 아래 빨래가 펄럭일 때 별자리도 들썩거려
가끔은 구멍이 뚫릴 때가 있는 지붕들
시멘트 블록 한 장이거나 폐타이어 한 짝이거나
묵직한 곳을 골라 잠시 펄럭거리다 가는 바람의 별자리들
불안한 어린 등을 토닥거리는 손이 있는
밤새, 별들이 지붕을 밟고 다니던 지붕 밑의 집

낮은 집의 지붕들 위를 발굴하듯 드러내다
점점 사라지는 별자리들
풍속을 더듬거리며 자라는 아이들이 있었고

자주 바뀌는 계절의 별자리를
헤아리다가 보수하는 가장이 있던 옛집
하늘 한 귀퉁이로 올라가는
전설을 중얼거리던 별자리가 있었다

먼지구름 속에 갇힌 황사 바람에도 펄럭거리던 별자리
한바탕 비라도 내리면 더욱 요긴하게 반짝거리던 별들
지상, 남루한 지붕 위
붙박이 자기 별자리 하나 만들어 놓은 바람이
요란하게 별을 흔들며 지나가던 별의 소리들
하늘에는 없는 바람 별자리
낡은 천막이나 눌러 주는 일로 갸륵하던 바람 별자리가
있었다

순간

비가 며칠째 내렸다
바람이 불었다

검은색 전선을 타고 들어온 무색의 과전류. 예고도 없이 불꽃 튀는 소리와 여러 색깔의 모양을 만들며 모습을 드러냈다 순간 선풍기의 날개를 장악해 여름 바람이 정지됐다 순간 후끈 축축함이 마루로 확 퍼졌다 순간 우산 쓴 광장의 촛불을 방송하던 TV 화면이 확 꺼졌다 순간 귀와 눈이 닫혔다 순간 냉장고 돌아가는 소리가 멈춰 부패를 예고했다 순간 어둠이 집 안의 눈동자를 집어삼켰다 순간 좌판을 두드리던 컴퓨터 화면이 점령당해 연락이 두절되었다 순간 손은 정적을 더듬거리며 불을 찾았다

과전류는 침묵을 남겼다
예고도 없이 찾아온 어둠
촛불로 지운다

순간 비가 그치고 바람이 멈춘다

망둥이 떼

작은 횟집 간판 앞
해산물을 거래하는 소리
포구의 풍경을 찌른다

배를 등에 업은 바다가 깜박 졸다 눈을 뜨는 오후, 항구에
서 서성거리는 사람들 뒤로 물고기 떼가 끊임없이 한 방향
으로 몰려가고 있다 내장도 부레도 사라지고 마지막 먹은
내용물도 사라진 채, 반으로 갈라져 점점 납작한 어종으로
변해 공중 위에 떠 있다

저 어종은 한때 바다와 육지를 오가며 펄펄 뛰었으리
큰 입으로 덥석 먹잇감을 물기도 했으리
바위를 붙잡고 버텨야 하는 시간을 견뎠으리

건조대에 붙어 딱딱하게 마른 지느러미를 바람이 핥는다
말라비틀어진 눈은 횅하니 바다를 응시한다 물기 없는 아가
미의 시간은 멈춰 버린 채, 이런 유영은 한 번도 해 본 적이

없는 듯, 아직도 먹을 것 다 못 먹은 듯, 입을 크게 벌린 채,
팔리지 않아 말라 간다

　방향을 정하고 물을 공기로 바꾸던 시간이 다 빠져나갈 때
　건조한 바람과 미세한 먼지, 달라붙은 파리 떼
　가끔씩 몸을 뒤집는 손길만이 망둥이 떼의 방향을 다시
잡아 준다

　집으로 돌아와 봉지 속 망둥이를 냄비에 넣고 물을 붓고
양념으로 배를 채워 오래 끓인다 본래 통통한 모습으로 돌
아온 망둥이, 비축의 반찬에 물이 오른다

구름분재

농장에서 올려다본 구름은
제 몸을 키우는 화분 하나씩 품고 있다

차츰 비대해지는 저 구름
보이지도 않는 화분을 버리지도 못하고
햇빛을 가렸다 바람에 날렸다
감겨 있던 사슬 속에서
냉온 사이를 오가며 비스듬히 내려온다

소나기가 오면 창밖으로 손을 내밀다
뛰어나가 맞곤 하던 시절
아마도 나는 구름의 분재였을 것이다

들판 끝까지
나를 보내던 길고 짧은 잔소리들
뜨겁게 증발하는 하루하루
옷을 고르게 하고 가방을 추종했었다

쉽게 나오고 어렵게 여는 문을
미리 알았더라면 냉온의 내부를 이해할 수도 있었다

사슬을 풀면 제멋대로 흘러든 진창
하나씩은 다 고여 있을 분재의 날들
작은 화분을 깨트리고 싶었던 구름분재
오늘, 들판을 가로질러 가고 있다

감겨져 있던 사슬이 빗줄기로 내린다

어릴 때 내린 소나기가
아직도 첨벙첨벙 소리를 낸다
작은 화분 속에서 구름은 싹이 트고
빗줄기는 낙수의 장소를 고르지 않는다

엘리자베타 게라르디니*의 여행

얼굴을 바라보는 사람들이 있었고
얼굴을 수집하는 미소가 있었다
한때 여행자였다고 한다

뒷문을 열어 준 누군가를 따라 이곳저곳을 여행한 적이
있다
창문을 넘어 경비행기를 타고 사라졌다는 후일담과 뒷배
경으로 들어간 길을 따라 구불구불한 여행이었다고 한다

후일 수천 개의 펜촉과 잉크병들이 먼지와 수증기를 뚫고
행적을 되짚었다고 한다

골동품 가게들이 보이고 유난히 불룩한 유리창 안에서 그
녀는 배를 햇볕 이불로 덮고 왼쪽 시선으로 거리의 사람들
을 구경하고 있다 선과 선이 부딪치는 표정, 아마 배 속의 아

---

* 레오나르도 다빈치의 그림 속 인물 '모나리자'의 본명

이에게 미소를 알려 주려는 듯

어쩌다 얼굴을 마주보는 화형(畵形)이 되었나
어쩌다 미소의 관 속에서 오래 앉아 있는 화형을 견디고
있나

가끔, 엘리자베타 게라르디니라는 본명을 찾아 주는 사람
들이 있다
귀를 기울여 미소 뒤 요람 속
아이 울음소리를 들으려는 사람들도 있다
도난을 도모하고 싶다는 듯
어서 이 웃음이 밖으로 다 닳아 갈 날을 기다린다는 듯

푸른 별, 수박

중심점을 잡고 쩍 자르면 붉은 능선이 한 쟁반이다
뜨겁게 과즙이 흘러내린다
꼭지를 뚝 끊고 이곳까지 굴러온 잘 익은 사막
한입 베어 물자
아그작거리는 별들이 이빨 사이에서 부서진다
푸른 별, 이것들은 어느 행성에서 날아왔을까
모래과육을 밟으며 따라가면
사막을 빨아들이는 뿌리와 노을의 씨앗을 잉태한 성단이
있다
흙과 흙이 섞여 꽃으로 피었으며
뜨거움이 뒤엉켜 낮과 밤을 뚫고 뻗어 나갔으리
그때 노을은 태어났고 사막은 서늘해졌다
꼭짓점을 향해 걸어가는 낙타 등이 보인다
입 안에 모래 과즙이 끈쩍거린다
별을 뱉어 낙타 등 위에 올려놓는다
그것은 직선 아니 곡선의 길, 고요가 흐르는 별의 무덤이다
하나가 채워지면 하나는 비워지는

사막 속으로 저녁이 가라앉는다

푸른 오아시스를 밖에 두고 온 바람

베어 먹은 사막의 빈 껍질이 휑하니 휘어져 있다

두드리면 통통 소리가 나던 푸른 별이었다

뒤꿈치

여름이면 거리로 나와 활보하지
감싸던 것들을 다 던져 버린 맨살
걸을 때마다 땅 한번 치고 올라와 부딪치는 슬리퍼

탁 탁 탁
아, 천지간

휘파람은 한때 아름다운 말을 끌고 다녔지
어깨를 들썩거리며 울었지
엄지발가락과 검지발가락 사이 끈 하나 걸려 있지

탁 탁 탁
바닥과 바닥 사이
산이 구름이 빌딩이 보이고 무수한 뒤꿈치들이 있지
저 뒤꿈치의 힘으로 우리는 앞으로 나아가는지도 모르지

역방향의 계절에는 역방향의 걸음이 참 어울리지

기우뚱거린 잎들이 펄럭이며 떨어질 때
걸어온 지평선이 하늘과 닿았지
구름은 땅 밑으로 스며들고 자전거는 넘어지지

탁 탁 탁
뒷걸음으로 걷는 신발이 있으면 좋겠어
뒤꿈치를 악기라 부르면 좋겠어

순간들이 스쳐지나갈 때 노래의 뒤꿈치는 닳아 가지
잘 벗겨지는 거리와 거리 사이

탁 탁 탁
아, 천지간 사이의 시간들

제2부

지워진 땅

네 곳의 모퉁이에서 아이들은 출발합니다

나간 문은 열려 있고 돌아올 문은 닫혀 있습니다

벌판을 향해 손톱 끝에서 딱, 출발하는 병뚜껑에 눈이 달려 있습니다 눈알은 구름과 바람의 경작지를 지나서 다시 돌아오고 바퀴가 없는 선이 그어집니다
선 밖은 절벽입니다
그 끝에서 아이들은 서로 맥박을 나누어 갖습니다

신발 끈 풀린 햇빛이 사각의 금 밖에 흩어져 있습니다
한 뼘의 집이 벌판 저 끝을 당겨 문을 만들고 사각형 안에 거품처럼 구름과 바람이 자랍니다
자란다는 것은 갇히는 일이기도 합니다

손끝에 힘을 빼고 다시 한번 딱, 병뚜껑은 조금 날다가 멈춥니다

손의 온기가 한기로 바뀌기도 전에
한 뼘의 집으로도 들어오지 못하는 아이들
눈빛은 흐려지고 손톱은 자꾸 자랐습니다
병뚜껑이 더 멀리 날아갈수록 넘어진 땅에선 낯선 직선들
이 쏟아져 나오고
손톱은 달 그늘 속으로 걸어 들어갑니다

아이들이 그려 놓은 집에 풀벌레 소리가 요란합니다

아침이 되면 사각의 금 위로 여러 겹의 신발이 지나갔고,
무너져 있는 줄 위에 아이는 반원의 집을 다시 긋고
아이를 쳐다보는 병뚜껑에 시력이 없어졌습니다

구석이라는 곳

모퉁이가 모퉁이를 만나 아침과 석양이 될 때 구석은 생겨납니다. 아이들이 그곳에 가서 앉으면 물방울이 똑똑 떨어지기도 합니다. 구석은 모퉁이 저쪽이 궁금해 웅크리고 앉아 훔쳐보면 모퉁이 저쪽도 이쪽과 같은 모습으로 보고 있습니다. 모퉁이에게 사육당하는 것들을 보면 웅크리고 있는 내부가 보입니다.

새들의 알에는 구석이 없지만 발과 부리의 위치가 있어 가끔 따끔거리는 곳을 구석이라 부르기도 합니다.

구석은 굴러다니는 소리를 밟으며 자랍니다. 밀리고 밀리다 구석이 되는 것들은 온몸이 발이 되기도 합니다. 구석을 깨고 나온 것들은 손이 없고 하얗게 터지는 물살이 되기도 합니다. 그때, 피어오르는 구름은 푹신하고 차갑습니다.

아이야, 크레파스를 가져다 흰색으로 모퉁이를 좀 칠해 봐. 빗자루로 모퉁이를 쓸어 노을 속으로 넣어 보렴. 아니야,

몽둥이로 힘껏 내리쳐 봐. 차라리 흙으로 덮어 버려. 힘센 망아지에게 모퉁이를 끌고 가라고 채찍질을 좀 해 봐.

모퉁이가 없어지면 이쪽과 저쪽이 없어질 것입니다. 그러면 구석들은 평행선 위에 모두 서 있겠지요. 구석은 털썩 주저앉기 좋은 곳. 어둠이 몰려나오는 곳입니다. 구석은 하품이 나오고 눈이 감겨집니다. 밤에 안겨 새근거리는 잠이 됩니다. 가만히 귀 기울여 보세요. 구석의 숨소리가 들릴 것입니다.

위니비니

손가락이 접시를 깨물어 먹었죠
그릇은 녹아 사라진 적이 없어요
깨져서 선반에서 사라질 뿐이죠

접시를 사러 길을 나섰어요
깨지지 않고 녹아 사라지지 않는 접시
온갖 맛을 담았다가 비워내는 접시
하지만 맛은 없죠
오늘 따라 요일을 와작 깨물어 먹고 싶어요

위니비니에
깨지지 않고 녹지 않는 원통들이 있어요
그 안에는 별별 모양의 사탕이 있죠
가끔 사탕 통 속에 티베트의 경전이 들어 있는 것 같아
사탕머리를 한 수도승들이 보일 때가 있어요
그들은 손으로 한 번씩 마니차를 돌리며
한 번도 맛보지 못한 천국을 떠올리겠죠

저 많은 사탕 중에 녹으면서
아무런 맛도 못 내는 것도 있겠죠
그런 사탕을 집으면 눈물이 흐르죠

눈이 침침할 때 마음을 비우고 싶을 때
위니비니에 가요
푹신한 맛, 둥근 맛이 그리울 때도
위니비니에 가요
까끌까끌하고 딱딱한 요일을 매끄럽고 쫄깃한 요일로
바꿔 담을 녹지 않는 접시를 사서 말이죠

거짓말

체에 걸린 강력분 500그램과 시치미를 뚝 뗀 표정 5그램을 넣는다 계량컵에 열변을 반 컵 넣어서 믹싱 볼에 물을 조금씩 흘려 가며 섞어 준다 팔다리를 자유자재로 꺾을 수 있는 작은 관절 인형과 베이킹파우더 30그램을 넣어서 손 반죽을 시작한다 이때 주의할 점은 너무 차갑거나 뜨겁지 않은 감정을 유지해야만 한다 그래야 반죽이 말랑말랑해지고 발효가 잘된다

랩 속에 넣은 마른 말들이 부풀어 올랐다 알맞게 자른 뒤 얇게 밀어서 달콤한 시럽과 씁쓸한 계피가루. 검은 진실을 넣은 후 잘 오므려 붙인다 거짓말을 굽는 데는 틀이 없다 모양도 각기 다르다 최대한 높은 온도에서 최단기간에 구워 내는 것이 좋다 너무 오래 구우면 딱딱해져서 쓸모가 없다 단 반죽이 잘못되었을 경우 관절인형의 손발이 튀어나올 수 있으니 조심해서 먹어야 한다

오븐에서 금방 꺼낸 빵에서 김이 묘략묘략 난다 여러 개의 빵에서 하나를 집는다 거짓이 진실 같고 진실이 거짓 같아 집

어 든 빵 맛을 느끼지 못한다 단지 많이 부푼 빵일수록 안은

텅텅 비었다

그림책

소리도 없이
페이지를 넘기는 수직의 낱장
수시로 내용이 바뀌는
전래에 흐려진 뒷장만이 남아 있다

골목에는 골목의 이야기가 있다
좁은 길을 따라
어둑해지는 소문으로 서 있는 글자들

기차의 연기가 멈추고
달리던 소리는 밖으로 떨어진다
발자국 속으로 들어간 무늬들
직조의 자국으로 남아 있고
손을 따라 걷던 햇살은
모퉁이가 접힌 채 웅크리고 앉아 있다

매일 바뀌는 책의 제목

이파리들 사이로 눈을 찌르는 글자들
턱을 고이고 있으면 바람이 쓰고 가는
펄럭이는 동화를 읽을 수 있다

글자를 업고 있는 그림
그림을 업고 있는 글자들
구름을 끌고 와 틀린 문장을 지우는 벽의 책

와르르 쏟아지는 해와 달의 날들을
깃털이라 부르면 흔적도 없이 날아간 유년이 있다

비에 젖어도 꽂을 수 없는 책
소곤거리는 비밀이 있고
귀를 대면
소문이 들리는 그림책이 손을 입에 대고 오래 서 있다

조련사 K

그는 입 안에 송곳니가 점점 커지고 있는 것을 느꼈다. 두 발로 걷는 것이 불편할 때도 있어 혼자 있을 때 네 발로 걸어도 보았다. 야생은 그의 직업이 되었고 조련은 가늘고 긴 권력이 되었다.

모든 권력은 손으로 옮겨갈 때 가벼워진다. 눈치를 보는 것들의 눈빛은 언제나 심장을 겨냥하는 법. 다만 두려운 것은 손에 들려 있는 권력일 뿐이니까.

조련사 K. 그는 아침마다 동물원을 한 바퀴씩 도는 순방을 한다. 금빛 은행잎이 K의 머리 위에 왕관처럼 씌워진다. 철조망에 갇힌 초원이 펼쳐져 있다. K는 손을 흔들거나 휘파람을 분다. 잠자던 맹수가 눈을 뜨더니 달려온다. 무릎을 꿇는다.

K는 맹수의 꼬리를 목에 두르고 맹수 코트를 걸치고 곤봉을 휘두르는 자신을 상상하곤 한다.

어느 날부터인가 K의 얼굴에 구레나룻이 생기고 몸에 털이 자라고 손톱은 길어졌다. 모든 모의는 자신도 모르는 사이에 생긴다. 말 안 듣는 맹수에게 먹이를 주지 않고 채찍을 휘두르며 맹수보다 더 맹수처럼 사나워져 갔다.

얼마 전 야생의 모의가 철조망을 빠져나갔다. 그 후 K의 통장으로 감봉된 월급이 들어왔다. K는 자기 목을 조르는 조련사가 있다는 것을 처음으로 느꼈다. 머리카락이 빠지고 몸에 털이 빠지고 손톱이 빠졌다.

조련으로 청춘을 보낸 K는 결국, 야생을 놓치고 말았다.

새로운 조련사들이 들어오고 그들은 맹수들과 더 빨리 친해졌다. 동경하던 야생은 저쪽에서 어슬렁거렸다. 이빨 빠진 맹수 한 마리가 다른 맹수 눈치를 보며 어슬렁거렸고 금빛 왕관은 가을 저쪽으로 다 날아가 버렸다. 얼마간 퇴직금의 조련을 받는 힘없는 맹수가 되어 있었다.

육필

사람이 죽고 나면
필체는 딱딱하게 굳는다
종이들은 누렇게 썩어 가고
변방엔 추깃물이 번져 있다
하얀 원고지 정사각형의 관들에서
뼈들이 절그럭 절그럭거린다
몇십 만의 휘갈겨 쓴 뼈들
방부제처럼 난독이 섞여 있다

훗날, 육필을 평하는 평론가들이
죽은 자의 성격을 풀어낸다
산 사람과 죽은 사람은 성격이 다르다

말 없는 성격은
가로와 세로를 바꾸기도 하고
연결해 놓기도 했지만
죽은 자의 필체엔 편집자의 흔적이

곳곳에 끼어들어 있다
뼈들의 특징을 분석해 놓았다

원고지 속의 육필
관 속에 누워 있는 뼈들이 말을 건다
뼈대가 튼튼해야 썩지 않고
오래 간다고 속삭이자
이야기가 이야기를 낳는
산통이 시작되고 뼈들이 쏟아진다

커지고 작아지고 커지고

또각또각 하이힐 소리. 각자의 시간은 중심에서 흩어진다. 충혈된 눈의 힘으로 달리는 출근부. 잔소리가 머리 위로 쌓일 때 15도와 45도 위로 서류가 날아다니고 뛰어다닌다.

사이드 미러가 중앙선을 침범한 채로 버스 전용차선을 달린다. 녹색에서 노란색으로 신호등이 바뀔 때 북극의 얼음은 녹고 먼지는 쌓인다. 지나가는 속도의 욕설이 쌓일 때 고속도로에서 후진의 차선이 생기고 주유계가 영을 가리킬 때 속력은 폭발한다.

또각또각 하이힐 소리. 천둥 번개를 동원한 비를 맞고 햇빛에 그림자를 말리는 새처럼 웃고 우는 순간이 날아다닌다. 90도와 180도 위로 굶주린 배가 지중해에 떠서 표류하거나 죽어 가는 아이들이 기록되고 어디서 왔는지 모르는 지구촌 동식물이 장바구니 속으로 들어간다. 또각또각 소리에 문을 여는 굶주린 각도들.

360도 두 바퀴나 돈 하이힐. 퉁퉁 부은 발을 디딜 때 도로에서 바퀴 자국이 찍히고 지루한 회전이 기우뚱, 돌고 돌아간다.

깨어나는 프리즘

의자가 좌우로 움직이기 시작할 때가 있었어 엄마가 흔들어 주던 요람 같았지 만화경으로 보던 세상이 눈꺼풀 위로 내려앉았어 그때, 바람의 촉감으로 꽃은 태어났고 구름의 연필은 정원을 그렸지 손으로 꽉 쥐고 있었던 소리들이 하나씩 손가락 사이로 빠져나갔어 물방울이 튕겨져 나가는 파장처럼 얼굴은 변해 가기 시작했지

의자가 속도를 내기 시작할 때가 있었어 좌우, 위아래로 몹시 흔들렸지 어느새 자동차로 변해 달리고 어느새 비행기로 변해 날기 시작했어 구름 위로 올라가 달과 별을 뒤로 하며 우주 속으로 들어가는 것 같았어 귀밑으로 쌩쌩 지나가는 운석들, 나는 핸들 없는 운전석에서 핸들을 잡고 피하는 시늉을 해 봤어 바람이 몹시 불었지 머리카락 사이로 우주가 빠져나가는 것 같았어 별들이 얼굴에 부딪치며 터지는 소리, 이가 딱딱 부딪치는 소리, 우주가 터지는 소리

번개가 요란하게 칠 때가 있었어 색색의 레이저를 누군가

쏘아댔지

　—괴물들은 도대체 어디에 있는 거야

　—나는 아직 특수 옷을 입지 않았단 말이야

블루투스를 얼른 귀에 끼고 아침에 충전을 시킨 로봇을 불러 봤어

　—스위치는 어디에 있는 거야 이 상황을 멈추고 싶다 오버

　행성을 탐사 나갔다는 로봇에게 교신이 왔어

　—손발이 잘려 나갔다 목도 잘려 나갔다

　—나를 고쳐야 4D를 빠져나갈 수 있다

　—빠른 시간에 제작사를 찾아 투자 협찬을 받아 와라 오버

　바닥에 뒹굴고 있는 로봇의 머리통을 가방 속에 집어넣었어

의자가 멈췄어 안경을 벗었어 5D의 세상이야

육식성 항구

비릿한 피 냄새가 유령처럼 떠다닌다
비명도 없이 손과 발이 잘려 나가고
팔딱거리는 숨소리, 꿈틀꿈틀 바닥을 긁는 소리

출항했던 배들이 돌아오면 순식간에 먹잇감을 먹어치우는
항구가 있다 수세기 동안 이 항구의 이빨이 빠지면 다시 솟아
올라 날카로워지기를 반복했다 방패 같은 피부는 폭풍이 와
도 끄떡없다 특히 후각이 발달하여 멀리 떨어져 있는 어선의
피 냄새를 잘 맡는다 그럴 때면 어판장이 분주해진다

고래가 그물에 걸려 들어오는 날
고함 소리에 어부의 꿈이 팔려 나간다
오후가 되면 항구의 배설물 냄새가
구름에 배어 구역질이 난다

태풍이라도 불면 먼바다 쪽을 향해 텅 빈 입을 벌리고 있
는 육식성 아가리, 짠맛이 입 안 가득하지만 번뜩이는 등대

눈빛은 해안선을 감았다가 푼다 폭풍의 포효에 침묵하는 항
구, 목덜미 근처에 바람이 분다 저것은 휘날리는 털 같다

  내 아버지는 평생을 저 목덜미 근처에서 보냈다

Dark Chamber

다락에서 오래전 사진기를 발견했다

카메라 레버를 돌린다
정지해 있던 밤이 한 컷으로 넘어가는 소리
먹구름 낀 오늘 밤은
셔터 속도가 느려지면서 밤이 들어온다

레버를 돌리고 셔터를 누른다
찰칵, 밤은 녹이 슬었어
오늘 밤의 노출속도는 광속 25년

한밤의 카메라는 쉬지 못하고
실시간 셔터를 눌러댄다
자판 두드리는 소리 초인종 누르는 소리
경적 소리 차가 부딪치는 소리 비명 소리
찰칵 찰칵 찰칵

창문을 열면 밤새 인화된 사진들
이파리 끝에 매달린 물방울
밤새 별빛을 받아들인 빨간 열매

밤이 깨지는 소리
참새 두 마리가 입에 물고 날아간다

인화되지 않은 밤이
아직도 몇 컷으로 남아 있다

지하철 4호선, 철컥

바퀴에 잘린 바람이
철컥철컥 접혔다가 펼쳐지는 소리
별을 가득 싣고
가는 기차 속으로 긴 줄이 그어진다

2114 행성에서 검은 옷을 입고
두 팔을 벌려 우주의 종말론을 외치는 자
―영생을 얻는 티켓을 받아 평온을 얻으라
한쪽에서 귀를 막고 안드로메다 폰으로 통화를 하는 자
목소리가 덩달아 커진다 우주에는 소리가 없다

무표정의 얼굴들이 둥둥 떠 있는 별
은하철도 999의 메텔은 메갈로폴리스를 향해
소년들을 데리고 갔다
할렐루야 승객들이 손에 들고 있는 영생의 티켓
어느 정거장을 향해 가고 있나
철커덕철커덕 흔들리는 블랙홀 속 아이들

술 냄새, 향수 냄새, 땀 냄새를 쓰다듬으며
창문 너머 2115 행성을 기웃거린다

특허받은 제품을 무릎 위에 올려놓고
끈질기게 시선을 잡으려는 자가 보인다
갑자기 신문들이 펼쳐지고
이어폰들이 귀에 꽂히고 눈이 사라진다
먼지와 가스 덩어리로 태어나 그 속으로 사라지는 별
시간은 꿈꾸는 자를 배신하지 않는다고 했다지
정거장에서 새로운 승객들이 들어온다

열차는 철커덕철커덕 한강을 자르며 지나간다

가족 수리점

끈 풀어진 발들이 마르고 있습니다. 비닐봉지에 담겨 온 몇 켤레의 가족. 피곤한 보폭들이 끈으로 매듭지어져 있습니다. 찡그린 매듭을 풀면 크고 작은 한 가족이 보입니다. 제각각 모양도 무늬도 다르지만 닳아 가는 모양이 닮아 있습니다.

바람이 불 때마다 낡은 잎을 털어내는 은행나무 골목에 가족 수리점이 있습니다.

바닥보다 허공을 떠돈 시간이 묻어 있는 신발들. 숫자들이 구름처럼 흘러간 어느 별의 잔해 같은 실밥들. 물이 흐른 자국과 별의 밝기로 감정을 알 수 있듯 닳거나 낡은 부위를 보면 한 가족의 기울어진 어깨의 방향이 보입니다.

세상에는 수선이 필요한 가족들이 의외로 많답니다.

끈 풀어진 가족들. 많이 접히고 굴절된 부위는 찌든 때가 주인이지요. 사실 가족이라지만 서로 얼마나 때가 묻어 있는

지 모르고 살고 있답니다. 철없는 얼룩과 새침한 얼룩, 눈치
가 묻어 있는 얼룩을 세제로 싹싹 세탁하고 고압 건조기 속
에 넣어 윙윙 돌립니다.

　세탁된 한 가족의 발들이 엉켜 있는 현관으로 돌아갈 시
간입니다. 서로 다른 곳을 돌고 돌아도 만나는 발붙이고 사
는 집입니다. 닳아 간다는 것은 걸을 수 있는 걸음과 일터와
그 발자국을 찍을 마음이 있다는 뜻이겠지요.

　한 가족이 세탁된 끈을 다시 묶고 은행나무 골목으로 나
갑니다.

제3부

사막회

골목에 사막회라는 입간판이 생겼다

허물어질 건물들처럼 구부정한 허리들
담배 연기 속에서 뿌옇게 보인다
그들의 손가락 사이에
뜨거운 햇빛과 모래가 있고 불도저가 지나간다
모래바람 속에 묻혔던 집들
연기 속으로 사라질 것 같은 집들
한 곳이라도 구멍이 뚫리면
오랜 시간 쌓아 왔던 수로는 무너진다
바둑판에 신기루처럼 건물들이 여기저기 세워진다
손끝 바둑알에 힘이 가해지는 늙은 청년들

늘 뜨거운 적도를 지나던 기억들은 다 있다
부글거리는 시간을 건너
발효되는 사막의 기억은 가렵고 차갑다

늙은 청년은 끝없이 펼쳐진 사막
그곳에다 지을 건물들만 생각하며 달려왔다
벽에 붙어 있는 사진이 타오르는 것 같다
어디선가 구멍이 뚫려 무너져 내릴 때
귀퉁이 집에 터번을 두른 사내의 가족이 보인다
검지와 중지 사이에서 가물거리는 바둑알
낡아 가면 보이지 않던 것이 보인다

담배 연기 속에 노인들이 보이지 않는다

기후의 난민

뉴질랜드는 기후 문제로
난민 신청한 사내를 추방했다

새들의 국경은 기후에 있고
먹이가 이들의 영토다
시베리아에서
날아온 철원의 독수리들
토고저수지 눈 위로
도축한 소, 돼지의 부산물이
핏물로 물들어질 때
몰려드는 한 떼의 무리들
한 덩어리 고기를 두고
요란하게 부딪치는 부리들

텃새 까마귀 떼가
일제히 독수리 등에 오른다
낯선 땅에 예의

살아 있는 것들의 예의가
새들에게도 있어 한동안
서로의 체온과 소리를 주고받더니
한 몸처럼 까마귀를
등에 업고 독수리가 날아오른다

추방당한 난민은 바다 너머
자신의 땅으로도 돌아가지 못하고
파도 속으로 사라졌다

새들은 계절을 이동해
국경을 넘어 무리 지어 정착한다
한 곳의 지형을 오랜 시간 닮은 깃털
새로운 지형과 새들에게 길들여지고
비행을 위해 털갈이를 한다

인언(人言)

　우리는 수없이 색깔이 다른 알약을 먹으며 자랍니다

　모양도 각각 다른 동그라미 네모 세모의 약들, 손으로 꽉
쥐었다가 쿡 찔러 보고 툭툭 두드려 쪼개도 보아요 한 움큼
몸 안쪽으로 넣으면 물감이 번지듯이 몸이 물들어요 병보다
무서운 것은 효능이지요

　달콤할 때보다는 쓸 때가 더 많은 알약, 먹고 나면 방 안이
소용돌이쳐 오랜 시간 침묵했어요 어떨 때는 방과 한 몸이
되는 꿈을 꾸었어요 몸에서 초록의 이파리가 자라서 벽을
타고 천정을 뒤덮곤 했어요 그러면 수풀 사이로 알약을 찾
으러 나선 아이가 보였어요 사방으로 굴러들어간 알약은 보
이지 않고 풀들의 키가 키우는 달빛 속에서 허우적거리다가
잠을 흠뻑 적시곤 했어요

　약 기운으로 키가 한 뼘씩 자랐지요 몸 색깔도 달라져 있
었어요 어른들은 아이들이 확 변하는 걸 싫어했어요 자신들

이 주는 약 색깔로만 변하기를 바랐지요 하지만 그들은 약의 효능도 잘 모르고 있답니다. 다른 알약을 먹어도 몸이 변하지 않는다고 아이들은 말하지요. 하지만 무수히 다른 색으로 변하면서 자란답니다

우리는 색깔을 잃어버릴 때 더 이상의 알약을 필요로 하지 않아요

침묵의 종류

언론은 말 대신 흰 마스크를 팔기 시작한다
마스크 끈을 귀에 걸고 입을 봉쇄
침묵에는 귀의 협조가 필요하다
입안의 말을 모두 꺼내고 X 하나를 넣는다
혀가 복종의 맛으로 굳어질 때
목구멍은 짧은 시간에 퇴화한다
콧김은 축축함으로 마스크에 어둠을 적고
입술은 닫힌 시간을 견딘다

이빨과 이빨 사이에 물리는 재갈
타의적 묵언이다
이것이 성립되려면 두 손,
두 발을 묶어 주어야 성립한다
비명은 불구의 맛을 느끼고
검은 구멍 속으로 떨어진다

음 소거는 소리를 없애고 무성이 된다

입 모양은 자유로워 온갖 욕설

타인을 위한 비난과 협잡이 허용된다

입 모양 가지고는 처벌할 수도

말의 모양을 비난할 수도 없다

누군가의 뒤에서 이렇게 말할 때가 있다

자의로 또는 타의로 침묵의 시위를 한다

몽유안(夢遊眼)

엄마가 외출하면 눈동자를 밖으로 내보낸다
밖으로 나간 눈동자가 창문을 들여다본다

금발머리 인형에겐 여분의 눈동자가 있다 아이는 눈 없는
말을 인형의 귓속에 넣어 준다
속삭이는 말투로 꽃들이 피어났다

이제 저 현관문은 열리지 않아 안에서 두드리면 밖에서는
열 수가 없지 우리는 이곳에 갇혔어 너의 눈알이 빠진 것을
엄마는 몰라 어쩌면 네 얼굴을 바꿀지도 몰라 걱정 같은 건
하지 마 말랑한 벽엔 언제나 시간이 묻어 있으니까

엄마는 열쇠 없는 말을 너무 많이 가지고 있어
우리는 더 많은 눈알을 모아야 해
뻐꾸기가 벽에서 나올 때마다 숫자들이 부화한다
액자 속에 구름이 둥둥 떠 있다

숫자들이 날아가고 있어
꽃병 안의 꽃들도 다 날아갔어
이제 눈 밖으로 나가야겠어

아이는 눈을 열고 문을 꺼내 시간을 진열한다

뻐꾸기가 낳은 시간들이 날아가고 빈 시계가 자정을 알리
고, 딸각, 현관문은 열리고 불안이 가득 들어와 쉰다
아이도 인형도 현관문도 시간도 모두 눈을 감고 잠들고
여분의 눈알들은 몽유(夢遊)에 모여 논다

치통이 오는 밤

자연사 박물관에는 멸종의 이름들이 많다. 살은 다 썩어서 멸종되고 흰 뼈들만 남아 있다. 벽에는 물고기가 뼈들로 벽을 헤엄쳐 다니고 익룡의 뼈가 천장 위를 날아다닌다.

살이 없으니 고정이다.
저 뼈들은 고정의 힘으로 몇백 년은 더 살아 있을 것이다.

생명 진화관 입구에 나비 떼가 몰려 있다. 어느 화창한 봄날에서 한 뼘도 날아가지 않는, 꽃의 주위다.

곳곳에 맹수들이 노려본다. 나뭇가지 위에 잘생긴 표범의 이빨을 보는 순간, 충치가 생긴 어금니가 생각났다. 뾰족한 열음치*가 튼튼해 보였다. 표범이 조는 틈을 타 얼른 손을 유리창 너머로 뻗어 표범의 열음치를 빼서 내 어금니와 바꾼다. 눈빛이 날카로워진다. 이빨이 근질거리고 허기가 진다.

---

* 맹수의 어금니

야성이 느껴지며 목젖에서 짧은 욕설이 튀어나온다.

박물관을 나와 집으로 향한다. 아까부터 따라오던 공룡의 뼈들이 와르르 무너진다. 무너지는 것은 순간이다.

집이야말로 우후죽순의 박물관이다.

냉장고 문을 거칠게 연다. 날카롭고 뾰족해지는 식사. 집 안 어디를 찾아봐도 채소는 보이지 않는다. 묽은 육즙의 고기들을 꺼내 들고 뜯어 먹기 시작한다. 이빨 사이로 흐르는 핏물, 갑자기 가슴이 간지럽더니 젖꼭지가 여섯 개나 생긴다. 창밖 달을 바라보며 긴 소리를 지른다.

피를 먹는 밤, 크고 먹음직스러운 먹이를 먹는 밤, 입 안이 아프다. 아픔으로 배를 채우는 밤, 그런 날이면 이빨이 우지끈거린다. 치통이다. 눈이 번쩍 떠진다. 입 안에 맹수들이 우르르 빠져나간다.

정기휴일

집에서부터 따라온 달을 주머니에 넣은 사내
매장 문을 열고 바닷속으로 들어서자
각지에서 밀려온 펄펄 뛰는 생선의 비린내로
매장이 기우뚱거리며 파도가 밀려오는 듯하다

이곳에 처음 왔을 때 저 어망 속 생선 같았던 사내
생선 아가미를 내려칠 때마다
바닷물이 쏟아져 나오고 산산이 조각난 지난날이 떠올라
칼끝에 더욱 힘을 주고 화려한 경력들을 토막 내
생선 대가리와 함께 쓰레기통에 버린다

물기 빠지는 판매대로 파리가 꼬이기 시작할 때
주머니 속에 넣어 둔 새벽달을 만지는 사내
—이곳은 마지막 선착장
—더는 세파에 밀리지 말아야 한다
손에 달 기운이 온몸으로 퍼지기 시작할 때
발에 힘을 주고 꽉 막힌 입이 터져 소리를 지른다

쉰 목소리가 매장 위를 날아다니며

손님을 물고 오면 생선 꾸러미를 낯선 이의 손에 들려 보

낸다

집으로 가는 발자국이 다 끊길 때까지

목소리가 갈라지고 목이 메여도 남자는 소리를 더 높인다

내일은 정기휴일이니까

눈보라가 심한 밤, 된바람에 달달 떨며 버스 창가에 앉아

주머니 속 해진 달, 호호 불고 쓱쓱 문질러 하늘에 매단다

달 속을 헤엄치는 물고기, 동태찌개를 좋아하는 아내

검은 비닐 속에서 떨이 생선 한 팩이 흔들린다

낮과 밤

주머니 속은 항상 꾸벅꾸벅 졸았다
점쟁이는 아이에게
태양을 그려 주머니에 넣어 주라고 했다
아이는 손가락이 졸리거나 차가울 때
주머니에 손을 넣고 태양을 만졌다
왼쪽 주머니에서 오른쪽 주머니로
오른쪽 주머니에서 왼쪽 주머니로
태양은 옮겨 다니면서 영원히 떠 있을 것이다

주머니 속
접혀진 태양의 뒷모습은 언제나 흐리다
태양을 꺼내서 펼치는 아이
네 개의 방향이 만들어졌다
세상에는 방향이 있다
북극곰, 남극 펭귄, 이구아나, 장화를 닮은 나라에
에콰도르 코카 잎을 씹는 것 같은 휴식이 있다
아이에게 밤은

몇 번의 옷을 갈아입는 순간, 찾아온다

하늘에 태양이 둘인 세상이 있었다
그곳은 항상 낮
잠을 자는 한 아이를 위해 모두가 일하는 곳
TV는 금수저로 시끄럽다
아이가 옷을 벗어 물속으로 던지자
주머니 밖으로 나온 태양이 물에 붉게 퍼진다

거절하는 몇 가지 방법

벗나무에서 꽃잎이 떨어지는 찰나
주머니에 두 손 넣고
강가를 바라보는 남자에게
―사진 좀 찍어 주세요
머뭇거리던 그가 고개 돌려
목을 빼어 친구를 부른다

그 사이 성급한 꽃잎은
몇 프레임을 이미 지나간다

꽃잎이 바람에 날리며 말을 건다
―젊은 선글라스 씨 사진 좀 찍어 주세요
그는 오래전에 본 천연색 꽃이 떠오르는지
잡고 있던 지팡이로 셔터를 누른다
흑백의 답을 꽃잎에게 전한다

그 사이 벗꽃은 흰색에서

노란색으로 검은색으로 변한다

맑은 눈빛의 아이가 프레임 속을 들여다보며
—아무것도 없는데 무엇을 찍으려는 거죠
—다만 꽃잎 떨어진 벚나무 한 그루 있는데
—이걸 사진 찍으라는 건가요

주머니 속, 없는 손이 친구의 손을 부르고
선글라스 씨가 지팡이에게 도움을 청하고
아이가 자신의 맑은 눈을 빌리게 하며
꽃잎은 무엇을 기록하고 싶었나

순간의 시간을 놓아 버린 벚나무 가지가 앙상하다

N과 S

북극의 지형과 기후를 배우는 지리학 시간이었다
남과 북을 오가는 손가락이 문자나 동영상을 날리고
따스함이 거울에 반사되어, 지루함을 달구는 시간
갑자기 교실 창문으로
날아든 새가 칠판에 부딪혀 바닥으로 떨어진다

북쪽으로 날아간 화살표에 소리가 박히고
나침판 속에서 이탈한 북쪽 아이들이
깃털을 하나 둘 뽑는다
새의 숨소리가 가늘게 등고선을 그리며
낄낄거리는 웃음 속에서 고지를 향해 할딱거린다

지리학 시간의 칠판은 북쪽을 향해 있었다

나침판을 놓고 죽어 가는 화살표 방향을 확인한다
북쪽만 아니면 더 빨리 뛸 수 있다는
육상 선수의 인터뷰처럼

대부분 사람의 집은 남쪽을 선호해 뛰어간다

동전들은 북쪽에서 짤랑거리고
지폐의 숫자들이 북쪽으로 넘어가고
아파트 부금도 북쪽을 향해 달리는 소리
그곳은 시체가 많이 쌓여 부패의 냄새가 가득한 곳
나침판 바늘이 N을 향하는 간격을
최대한 벌려 느려지는 이탈을 하고 싶다

문신

최근 거리의 풍선에는 행사가 적혀 있었다
아이들은 붕 떠 있는 무늬를 좋아하지만
그들의 숨을 모아둘 수는 없다
엉겁결에 터지는 것들
혼자 우는 아이는
제 울음이 쭈글쭈글해지는 것을 안다
하루만 놔두어도 풍선의 그림은 물렁거린다
풍선은 소리 없이 터지기도 한다

문신은 몸의 가장 외로운 곳
가장 많이 따끔거렸던 곳이다
터지지 않는 부위를 골라 질끈 묶은 곳이다
묶인 꽃은 떨어지지 않고
어느 눈알보다도 더 검은 입묵이 기록된 곳이다

유두를 그려 넣은 가슴
납작한 젖몸살을 앓듯

잊을 수 없는 것들을 기억하려 한다

바늘이 각자의 사연에 줄을 박는다
그곳은 양가감정이 존재하는 곳
붉은 피들이 양보하는 색깔
통증의 자리에 무늬가 생긴다

풍선의 그림을 아이가 손톱으로 긁으면
피부처럼 떨어져 나가는 그림과
소리도 나지 않는 폭음이 구멍을 뚫는다
묶어 두려 했던 말들이 빠져나간다

소리도 없이 터지는 몸을 나는 갖고 있다

O, X

문제들은
몇십 개의 주머니를 가지고 있어 무겁다
정답과 오답을 찾는 괄호
꽉 찬 사연을
반으로 잘라 놓은 모습이다
연필을 빙글빙글 돌릴 때처럼
손가락 그림자들이 떨리고 춥다

제멋대로 그려지는 글자들처럼
떨어져 있는 감정을
붙여 보려고 애를 쓰면 쓸수록
깊은 주머니 속으로 빠져들어
벌레처럼 오그라드는 심장

급기야 괄호를
손으로 잘라 떨어진 원을 붙이듯
답을 찾아보지만
금간 사연의 틈으로 정답과 오답이 빠진다

임종, 사거리를 지나는 시간

사방이 열렸다
한 곳이 닫히는 시간
초록 불빛이 깜박거리듯 생과 생이
이쪽에서 저쪽으로
저쪽에서 이쪽으로 건너온다

18초짜리 이파리들이
죽은 나뭇가지에 매달려
바람이 불 때마다 1초로 소진된다
18초만큼 인간이 늙어 왔고
18초만큼 숫자는 어려진다

인간계의 풍경이 빠져나가는 눈꺼풀은 무겁다

비상 점멸등이 속도를 들어 올리는 시간
발자국들이 굳어 간다
1초 뒤가 먼 미래처럼

웃거나 소리치거나 화를 낸다
스쳐 지나가는 옷깃들을 순식간에 입었다 벗는다
이내, 그림자마저 벗는다

0이 되는 순간
나무는 죽거나 살아난다
일방이 사라진 통행은
길 위로 경적 소리와 욕설들이 쏟아진다
뛰는 아이는
죽은 자와 산 자들의 욕설을 동시에 듣는다

할머니가 임종하는 18초
닫히는 한 생을 열고
다급히 뛰어오는 아이가 있다

제4부

구름은

매일 복사되는 종이랍니다
지상의 구석구석에서
제일 가벼운 것들이 모여 나뭇잎인 척하고 있지요
지평선 끝에 있다가
어느새 저 산꼭대기 위로 올라가 있네요

무엇이 적혀 있나요
책에 박혀 있는 글자의 무게는 얼마나 될까요

가끔 글자들이 부딪쳐 번쩍거리고
그 소리에 동그란 무게가 생기지요
동쪽의 계절과 서쪽의 계절이 둥둥 떠가고
새들은 글자의 꼬리를 물고 어디론가 날아가는군요
그럴 때면 열이 나는 이마를 구름에게 보여 주지요
창문을 열고 날아올라 종이 사이를 헤엄쳐
글자들을 모두 떼어놓고 얇은 몸으로 구름을 복사하지요

흰 종이들이 날아가고 있어요

종이 그림자가 지나온 날들은
구름의 그늘인가요
아니면 스스로가 지워지는 내용일까요
산을 지나고 바다를 지나면서 구름의 복사는 계속되지요

봄의 길이

왼쪽 꽃과 오른쪽 꽃이
일 년에 한 번 만나는 날
여학생이 사진기를 메고
쌍계사 꽃 터널 속으로 걸어 들어간다

벚꽃의 오장 속을 헤집고
십 리를 걸어 봄날이 피었다
─이렇게 환한 날은 또 없을 거야
곧 떨어져 날릴 꽃잎 위로
셔터 소리가 앉는다

지나가는 구름을 한 손에 잡고
야바위꾼 주위에 몰려드는 사람들
세 개의 컵이 요란하게 돌아가고
그 속에 숨은
하나의 봄을 찾으려 한다

차들로 꽉 막혀 있는 도로
봄은 차보다 걸어가는 게 빠르다
꽃잎은 수천 년 전 어느 날처럼 흩날린다

십 리 밖에서 온 사람이 하는 말
—어매, 벚꽃이 맥없이 지네
머리 위에 내린 꽃잎을 털며
—오른쪽으로 십 리, 왼쪽으로 십 리
—벚꽃 길이 십 리 길이라더니 이십 리 길을 걸었네

터널을 빠져나오면 밖은 더 어둡다
문득 오래전, 찍은 사진에
함께 찍힌 여자가 벚꽃 길을 걸어 나온다

서로가 없다

변두리 마을 담장에 백설공주가 채찍을 들고 서 있다 반짝이 옷을 입고 전격 출연을 알리는 문구가 화려하다 마을의 난쟁이들은 공주와 부킹을 기대하며 잡설이 분분하다

캄캄한 밤에 동화책을 보는 아이들은 없다 일찍 잠 속으로 아이들을 구겨 넣은 엄마들과 아이들이 잠든 틈을 타고 동화 속 주인공들은 파티장 앞에서 서성거린다 몰려가는 난쟁이들, 삼삼오오 깔깔거리며 파티장으로 몰려가는 비루한 왕비들

거울만이 유일한 대화의 상대였기에 오늘 밤은 현란을 즐기리

금발의 요염한 공주
어쩌다 현란한 독사과를 먹고 이곳까지 오게 되었을까
어쩌다 왕자 없는 공주가 되었을까

붉은 양탄자를 지나 밀실로 들어가는 난쟁이들
어쩌다 백설공주 없는 마을의 난쟁이가 되었을까
어쩌다 늙수그레한 난쟁이가 되었을까

스크린 옆에서 마이크 들고 엉덩이를 흔드는 백설공주. 테이블 위 양주를 마시고 마셔도, 사과를 먹고 먹어도 잠이 오지 않는다 독은 도대체 어디로 간 걸까
난쟁이들을 이끌고 취한 공주는 동화책 속으로 들어간다

라일락 밑에서

푸르고도 붉은 빛이 주르르 흘러내릴 때
말랑거리다가 딱딱해지는 골목
그 사이로 부드러운 눈빛들이 거칠게 변한다
구석에서 힐끗 쳐다보는 방울 달린 고양이
눈 속에 초승달이 콧속에 라일락 향기가 흘러내린다

이파리가 잔뜩 들어 있는 귓속으로 바람이 분다 쫑긋거리
는 귀, 털을 세우는 건 두리번거리는 주위가 있기 때문이다
만월의 동공, 숨어 있던 발톱이 구름 속에서 나오고 꼬리를
세워 달리는 자정

방울 속 구슬이 미궁 속을 굴러다니고
고개를 돌릴 때마다 저쪽으로 굴러가는 소리
사랑은 이쪽 아니면 저쪽에 있다는 듯
한쪽 귀가 주파수처럼 움직일 때,
우리는 왜 떠나는 소리에 귀를 쫑긋거리나

보이지 않는 방울 소리, 고개를 흔들어도 잡아당겨도 떨어지지 않는 소리 솜털이 가득 묻어 있는 비밀이 딸랑거리고 점점 찌그러지며 털이 빠지고 있는 방울 소리

　라일락 향기 밑에서 방울을 단 기억이 있어 앞발을 모으고 앉아 있지만, 아침은 잠겨 있고 밤으로 돌아가는 길은 너무 멀다

울음 간판

초승달이 몇 달 동안 마을 앞산에 걸려 있다 화덕 불 냄새
와 안개가 입을 꾹 다문 사람들 사이로 돌아다닌다 세상의
흥정 소리가 모여든 우시장, 소값은 갈수록 어려지거나 살이
붙지 않는다

소들이 도착하는 아침
계량기 숫자들이 부르르 떤다
무게를 흘리지 않겠다는 듯

말뚝에 묶인 울음들, 코뚜레에 묶여 끌려온 것은 소들이
아니다 외상 사룻값 척척 쌓인 근심들이다 거간꾼들과 소
주인들이 몰려가는 해장국집 방문 앞 온갖 모양의 신발들,
울렁거리며 트럭을 타고 끌려온 소들처럼 소주 몇 병에 나
란히 묶여 있다

눈도 귀도 닫고
시세도 외상 사룻값도 잊은 사내들

소 울음 같은 소리로 왁자하다

노란 경매 번호표가 붙은 귀들이 팔락거린다 팔리지 않아 트럭에 실리는 소들, 폭락한 송아지 값으로 돌아가는 길이 꽤 덜컹거릴 것 같다 어지러운 발자국 속에는 소들의 울음이 가득하다

원래 이곳 식당들은 간판이 없다
소들의 울음이 시끄러운 날
소 울음으로 문을 열고
소 울음이 돌아가면 문이 닫힌다

따라온 새벽달을 넣고 국밥을 마는 사내들, 서로 잔을 채우고 위로를 권한다 뿌연 창문 밖, 이제 막 트럭에 실려 가는 소 울음이 참 많이도 귀에 익은 소리다

120,000km + 1.2m*

인류는 어느 날부터
신체적 진화가 시작되었다
귀와 목을 연결하는 색깔의 핏줄들
양쪽 귀에 귀걸이처럼 부착하고
인간들이 거리를 활보한다
귓속으로 흘러들어 가는 128비트의 피
120,000km를 돌며 고요의 내부를
지구 밖으로 밀어 버린 듯
힘이 솟고 맥박이 뛰고 심장이 부풀어 올라
눈물이 나고 웃음이 터지기도 한다
그것은 가끔 꿈속까지 연결되어
캄캄한 곳을 돌며
하늘에서 떨어진 별을 실어 오기도 한다
눈을 뜨면 별이 사라지기라도
저 핏줄이 떨어져 나가기라도 하듯

---

* 혈관의 길이 + 이어폰 길이

주위를 살피고 또 살핀다

입술을 타고 손까지 흘러넘친 리듬은

손가락 끝으로 빠져나와 사방으로 튄다

128피트의 피는 태초의 말씀

인류 이래 저토록 전지전능한 말들은 없었다

—이 말들의 혈압은 곧 나의 피니

—너희는 모두 이것을 귀로 마셔라

이미 인간은 새로운 핏줄의 식민지

이것은 새로운 인종의 출현을 실천하고 있다

사람들의 두 손에 절대자의

행성 하나가 놓여 있다

환성(喚醒)

거울아 거울아 튼튼한 동아줄을 내려다오 그 줄로 매듭을
만들어 모든 마지막을 묶으리 만약 동아줄이 없다면 산산이
깨어지는 바닥을 다오 내 말을 안 들으면 나는 너를 깨어 버
릴 수밖에 없구나

잠깐만 동쪽을 향해 입 벌려 숨을 쉬어야겠어 눈꺼풀을
깜박여 창밖 푸름을 눈동자에 담아야겠어 핸드폰 컬러링을
열고 꼭두각시처럼 춤추고 싶구나 내 내륙의 문이 전부 열
려 전화기 속 이름들이 다 도망가는 상상을 몇 개의 단축번
호로 저장해 놓았단다

거울아 거울아 썩은 동아줄을 내려다오 그 줄로 올라가
다 혹여 거울 밖으로 다시 떨어진다면 책상 위에 써 놓은 종
이 뒷장에 아는 척을 하고 싶어 굽이굽이 고개를 넘을 때마
다 거울 밖의 소리에 탐닉했었다고 쉰 목소리의 바람과 꺼
칠꺼칠한 추위 속에서 홀로 고개를 넘었다고 파편으로 박히
고 싶다고

하늘에는 해와 달 말고 별도 있지 빛의 밝기로 자신을 얘기하는 별을 찾아보면 눈동자 뒤에서 춤을 추며 웹 속 흔적을 얘기해 몇 개의 검색어로 별의 밝기가 남아 있을 거야

학기 내내 빈자리로 남아 있을 책상과 의자는 아직 내 자리야 새 학기가 시작되고 다시 자리는 섞이겠지 누구든 앉지 말길 바라

오지

아무도 찾아오지 않았고
결국 그도 그를 찾지 않았다

뒤늦게 발견된 한 평의 오지
그동안의 배역들은
아무도 이곳을 찾아오지 않았다
덤불 사이로 똑똑 물 흐르는 소리
개울을 건너 바위를 올라
갈림길에 서 있는지
누워 있던 그는 숨이 차다
거미줄을 헤치고 쌓인 우편물 속에서
대본을 찾았는지 팔을 들고 누군가를 부른다
대답조차 없는 문밖이 그에게는 오지다

갑자기 기침과 함께 피가 쏟아져 나오자
그는 가슴을 두 손으로 부여잡고
이런 배역이 난생 처음인 양

더 이상 대사가 나오지 않다는 듯

어디로 가야 하는지

대본에도 없는 길 위에서 헤매고 있다

그가 죄를 지었다면 사각의 방에서

방장 배역*으로 죄수를 괴롭힌 것밖에 없다

유령 같은 권력을

잠깐 만져 본 맛있는 배역이었다

그것이 죄가 되어

눈을 부라리며 방장이 되고 싶은

누군가가 대본을 바꾸어 놓았을까

대사도 대본도 없는

마지막 배역을 위해 그는 사력을 다한다

오지에 갇혀 빠져나오지 못하는

유령 같은 방장이라는 배역을

너도나도 따고 싶어 사투 중이다

---

* 연극 〈인간동물원 초〉에서 고(故) 김운하가 맡은 배역

앵무새의 추궁

사내는 자꾸 같은 말을 반복하고
사내는 자꾸 다른 말로 추궁한다

그 사이에 앵무새가 있다

앵무새는 이야기를 모른다
강요하는 말과 강요받는 말 사이에
오해가 있고 새장이 있다

방금 전에 한 모든 말들은
반복적으로 듣고 싶은 말
날아오르거나 날고 싶어 내뱉은 말들

구름을 중얼거리자 앵무새는 장미라고 말한다
구름은 장미 속에 언제 들어갔을까
가벼운 말이 두꺼운 말로 변해갈 때
귓속에서 비가 내리고

어제와 오늘의 색깔이 달라진다

바둑알은 무리 지어 집을 만들고
단어와 단어는 귀에 박혀
추궁을 하는 건지 추궁을 당하는 건지
앵무새의 말을 사내가 하고 있다

의미는 사라지고 무의미의 입이
화려한 깃털을 솎아낸다

기별서

조선 시대 조보(朝報)가 나라 안팎의 일을 알릴 무렵, 각 관청의 기별서리들이 손으로 직접 베껴 관청이나 양반층에 직접 보냈다 받는 사람이 두 손으로 공손히 받은 기별서 휘갈긴 기별체를 읽고 또 읽었다 사람의 체온이 담겨 있어 내용과 달리 따뜻했다고 한다

요즘 신문은 접히고 접혀 글자에 금이 가고 대통령 목도 금이 가는 굴욕을 당한다 또한, 차가운 어둠 속에서 오랜 시간을 엎드려 있어야 하고 돌돌 말려 문 밑구멍으로 쑤셔 넣어 상처가 나기도 한다 그나마 거부하는 집보다는 낫다

아침에 무언가를 펼치는 습관으로 신문을 보다가 도랑을 따라가는 눈앞에서 글자들이 터진다 금 간 대통령의 목보다 금 간 아파트에 눈이 멈춘다 상처 난 글자들을 건너뛰다가 다시 접고 접어 일그러진 대통령을 폐휴지 통에 넣는다

두 손으로 공손히 받아 읽고 또 읽던 기별서가 그리운 아침이다

노인을 위한 나라는 없다*

팔각정 계단 위에 떠 있는 모자들
앞을 멍하게 보는 모자, 신문을 보는 모자
옆 사람에게 말을 거는 모자, 장기를 두는 모자

실버영화관 포스터 속 옛날 배우는 어색하다
어색한 청춘
어색한 대사, 어색한 관계가 그립다
지나간 옛날을 빌려와 늙고 늙은 연애를 한다

영화 포스터에서 나온 사내가 총구를 겨눈다
느티나무 사이로 관통하는 긴장
총성도 없는데 팔각정 계단을
꽉 잡은 손이 부들부들 떨린다
동전 앞면 아니면 뒷면의 시간
선택해야만 했던 순간이 새처럼 날아오른다

---

* 코엔 형제가 감독한 미국 영화 제목

114

피는 한 방울도 흘러내리지 않았는데
쓰러지는 장면이 가끔 있다

음악은 언제부터 구름 속으로 실종이 되어 갔나
앞만 보며 달리던 돈 가방은 어느 별에 도착했나

모래바람이 불어오는 철
모자들이 하나 둘 날아가기 시작한다
담배 사던 복상회를 지나 머리 깎던 장수이용원을 지나
돌담길을 따라가면 무상 점심을 기다리는 긴 무표정의 줄

모자는 벗겨지고 또 벗겨지지만
노인을 위한 나라는 없고 노인 공원만이 있다

등

왼쪽으로, 오른쪽으로 아니 위에서, 아래에서
어느 쪽으로 돌다가 등이 되었나
손으로 스스로 안을 수 없는 등이여
안쪽을 보호하기 위해 스스로 바깥쪽이 되었나

마른 등 넓은 등, 굽은 등 꼿꼿한 등
등골마다 새겨져 있는 자신들의 이력을 이야기한다
등 푸른 싱싱한 날이 있었던가
병석의 나날로 차갑게 굳어 가던 날도 있었다

돌아서는 수많은 순간들
등을 진다는 말이 제일 무서운 말이다
돌아서지도 못하고
무거운 등을 지고 살아야 했던 아버지
따뜻했던 등이 가족들 중 가장 먼저 굳어 갔다

그곳에 기대어 앉아 귀 기울이면

휘어진 뼈 사이를 바람이 어루만지고
달빛이 스며드는 소리가 들렸다
숨결이 잦아져 구불텅구불텅할 때
내 숨을 가만히 넣어 본다
아버지 등에 기대
보랏빛 잠이 얼굴로 와르르 쏟아지던
유년의 어느 날이 떠오른다

이제는 아버지가 내 등에 얼굴을 대고
환한 잠이 들었으면 좋겠다

팝업북

창문을 열면 숲이 불쑥 튀어나오지
숨어 있던 정원이 보이고 나무들은 자주 구겨지지
데이지 꽃은 평면으로 피고
물 냄새가 지나가는 쪽으로 가끔 접히기도 하지
들판을 가로질러 토끼가 보였어
바람을 잡아당기면 풀들이 딸려 나와
지그재그 굴이 보이고
토끼는 한 번도 그 속으로 사라진 적 없지
회중시계는 멈추어 있고
서 있는 숲, 지구 어디쯤 있을까 궁금하지

이 마을은 조용하고 말들은 몇 줄 있지도 않아
아기가 이파리를 잡아당기면
나뭇가지들은 잘려나가고 숲은 주저앉지
데이지 꽃과 개울이 사라졌어
들판을 가로질러 가던 토끼는 아기 손에 잡혀 내동댕이쳐
지지

멈추어 있던 회중시계가 움직이고
모서리가 아코디언처럼 쭉 펼쳐지지
그 사이로 손을 넣으면 팬 북처럼 원을 그리며 줄줄이 나와
도도새 독수리 도마뱀 애벌레가 아기 발에 밟혀 나가지
부서진 숲, 지구 어디쯤 있을까 궁금하지

어느새 아기는 잠들어
분수 치솟는 데이지 뜰을 아장아장 걷고 있겠지
내일은 어떤 지구의 모습이 불쑥 튀어나올까

해설 · 시인의 말

이 세상의 온갖 사물과 현상을
구체적으로 그리다

이승하(시인 · 중앙대 교수)

2012년 조선일보 신춘문예 시 당선작은 예년의 신춘문예 당선작들과는 사뭇 달랐다. 소재도 특이했고 표현도 색달랐으며 내용은 더더욱 기상천외했다. 산문시란 어느 정도 답답한 구석이 있게 마련인데 전혀 그렇지 않았다.

그는 입 안에 송곳니가 점점 커지고 있는 것을 느꼈다. 두 발로 걷는 것이 불편할 때도 있어 혼자 있을 때 네 발로 걸어도 보았다. 야생은 그의 직업이 되었고 조련은 가늘고 긴 권력이 되었다.

모든 권력은 손으로 옮겨갈 때 가벼워진다. 눈치를 보는 것들의 눈빛은 언제나 심장을 겨냥하는 법. 다만 두려운 것은 손에 들려 있는 권력일 뿐이니까.

조련사 K. 그는 아침마다 동물원을 한 바퀴씩 도는 순방을 한다. 금빛 은행잎이 K의 머리 위에 왕관처럼 씌워진다. 철조망에 갇힌 초원이 펼쳐져 있다. K는 손을 흔들거나 휘파람을 분다. 잠자던 맹수가 눈을 뜨더니 달려온다. 무릎을 꿇는다.

K는 맹수의 꼬리를 목에 두르고 맹수코트를 걸치고 곤봉을 휘두르는 자신을 상상하곤 한다.

한명원의 등단작 「조련사 K」의 전반부다. 과천대공원에는 동물원이 있는데 아마도 시인은 그곳에 가서 동물보다는 동물에게 매일 먹이를 주는 조련사를 유심히 본 모양이다. 이 시는 제 4연에서 방향을 바꾼다. 동물원에서야 먹이를 주기 때문에 동물들이 조련사의 말을 잘 듣겠지만 서커스단에서의 동물은 재주를 부려야 하기 때문에 그곳의 조련사는 곤봉을 휘두른다. 제 1연에서 시인은 '권력'을 얘기했다. 이 세상에는 권력을 휘두르는 자와 권력에 아부하는 자와 권력에 복종하는 자, 세 그룹이 있다는 것을 암시했는데 제 4연부터 시인은 시의 방향을 틀어 권력을 속성을 다룬다. 어느 날부터 K는 자신이 가진 권력을 마음껏 휘두르며 동물들 위에 군림한다. 권력이라는 것은 갖고 있으면 행사하고 싶어지는 법이다.

어느 날부터인가 K의 얼굴에 구레나룻이 생기고 몸에 털이 자라고 손톱은 길어졌다. 모든 모의는 자신도 모르는 사이에 생긴다. 말 안 듣는 맹수에게 먹이를 주지 않고 채찍을 휘두르며 맹수보다 더 맹수처럼 사나워져 갔다.

얼마 전 야생의 모의가 철조망을 빠져나갔다. 그 후 K의 통장으로 감봉된 월급이 들어왔다. K는 자기 목을 조르는 조련사가 있다는 것을 처음으로 느꼈다. 머리카락이 빠지고 몸에 털이 빠지고 손톱이 빠졌다.

조련으로 청춘을 보낸 K는 결국, 야생을 놓치고 말았다.

새로운 조련사들이 들어오고 그들은 맹수들과 더 빨리 친해졌다. 동경하던 야생은 저쪽에서 어슬렁거렸다. 이빨 빠진 맹수 한 마리가 다른 맹수 눈치를 보며 어슬렁거렸고 금빛 왕관은 가을 저쪽으로 다 날아가 버렸다. 얼마간 퇴직금의 조련을 받는 힘없는 맹수가 되어 있었다.

알고 보니 조련사 K는 권력의 정상에 있는 자가 아니었다. 권력자의 하수인일 따름이었다. 웬 야생동물이 철조망을 빠져나가는 탈출사건이 있자 감봉의 처분을 받는다. K를 조련하는 조련사가 따로 있었던 것이다. 동물들을 조련하며 거의 한생을 동물원에서 보냈던 조련사 K는 어느새 늙었고

젊은 조련사로 교체된다. 정년이 되어 물러난 것이다. 얼마 간 퇴직금을 받고 동물원을 떠난 K씨는 "퇴직금의 조련을 받는 힘없는 맹수가 되어 있었"던 것인데, 동물원에서 늙은 동물이 바로 K였던 것이다.

이 시는 고도의 아이러니와 알레고리를 구사한 시였다는 점에서 이색적인 신춘문예 당선작이었다. 예년에 이런 시가 뽑힌 적이 있었던가? 기억나지 않는다.

동물원은 우리 사회의 축도다. 먹이를 주는 조련사가 있 고 그 먹이를 받아먹고 목숨을 유지하는(유지할 뿐. 동물들에 게는 자유가 없다) 동물들이 있다. 동물들이 조련사가 좋다고 꼬리를 흔들어도 먹이를 갖다 주니까 그럴 뿐이다. 게다가 K처럼 화풀이 대상으로 동물을 대한다면 금방 적대감을 가 질 것이다. 조련사가 조련되는 세상, 조련사와 동물이 함께 우리에서 늙어 가는 세상을 그린 이 색다른 시는 시인 한명 원의 탄생을 세상에 알렸다. 일단 동물이 등장하는 몇 편의 시를 보자.

저쪽에서 흔들었던 손과
이쪽의 주머니 속에서 나온 손이 만나는 곳
오른손잡이로 만나는 우리는 악수일까요
기린은 암컷의 목과 수컷의 목으로 인사할까요
목으로 상대와 힘겨루기를 하고 제짝의
목에 붙어 있는 무늬들을 나뭇잎인 양 핥아 줄까요

그렇다면 기린은 줄기식물일까요
휘감는 넝쿨손이 있기나 할까요

우리는 우리의 왼쪽과 악수할 수 있을까요
왼손잡이의 말과 오른손잡이의 안부를 섞을 수 있을까요
―「악수의 방식」 제1연

　기린은 목으로 상대와 힘겨루기를 하는 동물이다. 그런데
암컷과 수컷이 만나면 목은 인간의 손 역할을 해 악수를 한
다. 우리 인간도 손이 사랑의 도구가 되기도 하고 살인 흉기
가 되기도 한다. 하지만 인간이 하는 악수는 오른손잡이를
위한 것이다. 왼손잡이라면 왼손을 내밀어야 할 텐데 우리
사회의 관습은 오른손잡이들을 위한 것이다. 악수의 방식
이 지역마다 다르다. 뺨을 대는 것이 있고 가볍게 입맞춤하
는 것이 있다. 포옹을 하는 것, 코를 대는 것, 고개를 숙이는
것도 있다. 무릎을 꿇고 절하는 것도 있고 오체투지로 절하
는 것도 있지만 시인은 기린의 인사법이 마음에 든 모양이
다. 목으로 인사하는 것들은 방향이 없고 리듬을 타기에 적
당하기 때문이라고 한다.

　　길게, 짧게 툭툭 구르며
　　흐르는 숨결에는 음이 묻어 있습니다
　　깔깔하고 건조하게 굳은 목을 보면

마주 서서 목으로 악수하고
숨결을 가져오고 싶습니다
이 땀을 나누는 방식은 나라마다 달라서
기린의 방식이 가장 적절합니다

　　　　　　　　　　　　　—「악수의 방식」제 4연

　　우리 인간이 마주 서서 목으로 악수하고 숨결을 가져온다
면? 참 재미있는 상상이 이 시를 탄생시켰다. 이 땅의 시인
들이 기린을 소재로 쓴 시가 꽤 되는데 악수의 방법을 다룬
시는 없었던 듯하다. 이번에는 얼룩말을 보자. 아니, 천정의
얼룩이 얼룩말 모양 같다는 상상이 시인의 손에 펜을 들게
하였다.

어느 날부터
천정에 얼룩말 한 마리가 살고 있다
히힝거리는 소리를 잃어버렸는지
말발굽 소리도 들리지 않는다
언제부터 살고 있었는지
모서리 끝에서 출발하여 중앙을 향해 돌진하고 있다
곤두선 털엔 바람이 빳빳하게 들어 있다
자세히 보면 반대쪽 모서리에서도
이제 막 새끼 얼룩말 한 마리가 태어나고 있다
외출했다 돌아오면

저 말들은 조금씩 살이 쪄 있었다
자잘한 꽃무늬의 풀들을 뜯고 있는
줄무늬가 희미하게 보인다

—「얼룩말」전반부

사실은 이 공간이 초원이 아니라 지하방이다. 그런데 생각해 보니 아주 전에는 이곳이 들판이었을 수도 있다. 7학군, 8학군이 어떠니 하는 집값 비싼 강남이 개발 전에는 배밭이었다. 엄청나게 싼 땅이었다.

방 안에 반듯이 누워 있지만
사실은 저 날뛰는 얼룩말 잔등에 엎드려 있는 것 같다
아주 오래전 이 지하방은
말들이 뛰놀던 자리였는지 모른다
여름이 장마의 울타리 안에서 머뭇거리고
어느새 얼룩말은 형광등 근처까지 몰려와 있다
맹수라도 뒤따라오는지, 물웅덩이를 지나는지
가끔 물방울이 떨어진다
어쩌면 목이라도 물린지 몰라
더 많이 두둑거리며 떨어지는 물방울 혹은 핏방울
지열은 더 눅눅하게 치솟고
얼룩말은 웅덩이와 맹수를 피해 어느 들판을 달리고 있나
우기의 들판, 내가 누우면 이내 멈춰 서는

큰 얼룩말 한 마리가 살고 있다

—「얼룩말」 후반부

시인이 어린 시절, 천장의 얼룩이 점점 커지는 집에서 살았는지도 모르겠다. 그 시절에는 그런 집에서 사는 불편함을 인지할 수도 없었을 것이다. 시인의 상상력은 이렇듯 얼룩이 번진 천장을 아프리카의 초원으로 만들 수 있다. 자, 이제 기린과 얼룩말이 뛰어노는 초원에서 고래와 망둥이가 물살을 가르는 바다로 가 보자.

출항했던 배들이 돌아오면 순식간에 먹잇감을 먹어치우는 항구가 있다 수세기 동안 이 항구의 이빨이 빠지면 다시 솟아올라 날카로워지기를 반복했다 방패 같은 피부는 폭풍이 와도 끄떡없다 특히 후각이 발달하여 멀리 떨어져 있는 어선의 피 냄새를 잘 맡는다 그럴 때면 어판장이 분주해진다

고래가 그물에 걸려 들어오는 날
고함 소리에 어부의 꿈이 팔려 나간다
오후가 되면 항구의 배설물 냄새가
구름에 배어 구역질이 난다

—「육식성 항구」 부분

항구의 흥성함을 나타내기 위해 동원된 시어로 먹잇감,

이빨, 방패 같은 피부, 후각, 피 냄새, 배설물 냄새 등이 있다. 생선 비린내와 생선이 썩는 냄새가 뒤섞이면 구역질이 날 법도 하다. 근해 포경업이 원칙적으로 금지되어 있어서 그물에 걸린 고래밖에 취급할 수 없는데 수시로 고래가 그물에 걸려 연중 고래고기를 먹을 수 있으니 좀 이상하다. 생물을 잡아야지만, 죽여야지만 인간의 삶이 유지되는 것이 항구의 속성, 바로 '육식성'이다.

　　태풍이라도 불면 먼바다 쪽을 향해 텅 빈 입을 벌리고 있는 육식성 아가리, 짠맛이 입 안 가득하지만 번뜩이는 등대 눈빛은 해안선을 감았다가 푼다 폭풍의 포효에 침묵하는 항구, 목덜미 근처에 바람이 분다 저것은 휘날리는 털 같다

　　내 아버지는 평생을 저 목덜미 근처에서 보냈다
―「육식성 항구」 부분

　육식성 항구의 주인은 시적 화자의 아버지였다. '목덜미 근처'라는 표현이 인상적이다. 목도리를 하지 않으면 늘 허전한 목덜미 근처. 여름이면 태풍과 태양에 늘 노출되어 있는 목덜미. 아버지의 목덜미는 항구였고 바다였고 집이었다. 눈을 뜨면 바다로 나갔던 육식성 항구의 터줏대감이 바로 육식성 아버지였다. 한평생 목구멍으로 넘긴 생선이 몇

마리였을까?

　　작은 횟집 간판 앞
　　해산물을 거래하는 소리
　　포구의 풍경을 찌른다

　　배를 등에 업은 바다가 깜박 졸다 눈을 뜨는 오후, 항구
에서 서성거리는 사람들 뒤로 물고기 떼가 끊임없이 한 방
향으로 몰려가고 있다 내장도 부레도 사라지고 마지막 먹
은 내용물도 사라진 채, 반으로 갈라져 점점 납작한 어종
으로 변해 공중 위에 떠 있다

　　저 어종은 한때 바다와 육지를 오가며 펄펄 뛰었으리
　　큰 입으로 덥석 먹잇감을 물기도 했으리
　　바위를 붙잡고 버텨야 하는 시간을 견뎠으리
　　　　　　　　　　　　　　　　　　　—「망둥이 떼」전반부

　이번 시집에서 해설자가 개인적으로 제일 좋아하는 시다.
아주 역동적이고 감각적이다. 시어가 근육질이라고 해야 할
까, 힘이 철철 넘쳐흐른다. 고기를 잡아 와 파는 곳이 항구
인데 잡아 온 것들이 팔리지 않는다면?

　건조대에 붙어 딱딱하게 마른 지느러미를 바람이 핥는

다 말라비틀어진 눈은 휑하니 바다를 응시한다 물기 없는
아가미의 시간은 멈춰 버린 채, 이런 유영은 한 번도 해 본
적이 없는 듯, 아직도 먹을 것 다 못 먹은 듯, 입을 크게 벌
린 채, 팔리지 않아 말라 간다

　방향을 정하고 물을 공기로 바꾸던 시간이 다 빠져나갈
때
　건조한 바람과 미세한 먼지, 달라붙은 파리 떼
　가끔씩 몸을 뒤집는 손길만이 망둥이 떼의 방향을 다시
잡아 준다

　집으로 돌아와 봉지 속 망둥이를 냄비에 넣고 물을 붓고
양념으로 배를 채워 오래 끓인다 본래 통통한 모습으로 돌
아온 망둥이, 비축의 반찬에 물이 오른다
　　　　　　　　　　　　　　　　　—「망둥이 떼」 후반부

　여기서는 조련이 문제가 아니다. 항해를 준비하는 사람들
과 항해를 마친 사람들이 있다. 망둥이를 잡는 사람들과 망
둥이를 먹는 사람들이 있다. 삶과 죽음이 공존하는 곳이 항
구다. 죽여야 살아갈 수 있는 곳이며, 팔아야 생존할 수 있
는 곳이다. 인간에게는 삶의 현장이 생선에게는 죽음의 현
장이다.

이곳에 처음 왔을 때 저 어망 속에 생선 같았던 사내
생선 아가미를 내려칠 때마다
바닷물이 쏟아져 나오고 산산이 조각난 지난날이 떠올라
칼끝에 더욱 힘을 주고 화려한 경력들을 토막 내
생선 대가리와 함께 쓰레기통에 버린다

물기 빠지는 판매대로 파리가 꼬이기 시작할 때
주머니 속에 넣어 둔 새벽달을 만지는 사내
─이곳은 마지막 선착장
─더는 세파에 밀리지 말아야 한다
손에 달 기운이 온몸으로 퍼지기 시작할 때
발에 힘을 주고 꽉 막힌 입이 터져 소리를 지른다
　　　　　　　　　　　　　　　　─「정기휴일」 부분

　이 시의 주인공은 생선 가게의 사내다. 그는 하루에 도대
체 몇 마리 생선의 아가미 부분을 칼로 내려칠까. 그가 쉬는
날은 정기휴일이다. 그날은 동태찌개를 좋아하는 아내를 위
해 검은 비닐 속에 생선 한 팩을 넣고 귀가한다. 살아 있는
한 그 무엇인가를 잡아먹으려고 덤비는 우리 인간들, 난민
이 되어 바다 속으로 사라지기도 한다.

　추방당한 난민은 바다 너머
　자신의 땅으로도 돌아가지 못하고

파도 속으로 사라졌다

새들은 계절을 이동해
국경을 넘어 무리 지어 정착한다
한 곳의 지형을 오랜 시간 닮은 깃털
새로운 지형과 새들에게 길들여지고
비행을 위해 털갈이를 한다

—「기후의 난민」부분

이 시는 "뉴질랜드는 기후 문제로/난민 신청한 사내를 추방했다"고 시작하는데 이것에 대해서는 약간의 설명이 필요할 것 같다. 2013년, 태평양의 작은 섬나라 키리바시 출신인 한 남성이 뉴질랜드에 기후 변화로 인한 해수면 상승을 이유로 난민 자격을 신청하였다. 그는 키리바시에 기후 변화로 인한 만조가 빈번하게 발생하여 작물들이 죽고, 식수원이 오염되었다고 말했다. 또한, 해수면 상승으로 한정된 지역으로 인구가 급격히 유입되면서 주민들 사이에 갈등이 고조되어 칼부림이 나는 경우도 있다고 호소했다. 그는 기후 변화 피해로 인해 키리바시의 법과 질서가 와해될 것을 걱정하며 난민을 신청했다. 그런데 뉴질랜드 재판부는 집단적인 위험이 아니라 어느 한 개인의 위험만 고려할 수 없다는 원칙에 따라 그의 난민 허용을 거부했다. 오클랜드 대학교의 법학자 빌 홋지 교수도 "기후 변화는 키리바시 국민 모

두가 처한 위협이므로 이 남성만 특별대우를 할 수 없다"고
했다. 최종심인 대법원도 기후 변화로 인한 환경 난민은 국
제법과 국내법상 보호 대상으로 규정하지 않고 있어 이 남
성은 키리바시로 강제 추방되었다. 시에는 보트 피플 얘기
도 나온다. 보트 피플은 베트남 통일 직후에 특히 많이 발
생했다. 추방 명령을 받은 일가족이 배를 구해 다른 나라로
가다가 침몰해 몰살하는 경우가 많아서 세계적으로 문제가
되었다. 호주가 백호주의를 철폐하고 이민자를 받아들이게
된 가장 큰 계기가 보트 피플 사망자를 줄이려고 베트남 난
민을 받아들인 데 있었다. 시인은 바로 이러한 삶의 현장을
시의 공간으로 삼기를 즐겨하지만 때로는 밤하늘의 별들을
시의 화폭에 그려 넣기도 한다. 지상에서 천상으로 간다고
해야 할까. 하지만 한명원 시에서의 천상은 천국도 아니고
'영원성'의 무한한 공간도 아니다. 뚫린 지붕으로 보이는 현
실의 별이다.

> 저 아래 빨래가 펄럭일 때 별자리도 들썩거려
> 가끔은 구멍이 뚫릴 때가 있는 지붕들
> 시멘트 블록 한 장이거나 폐타이어 한 짝이거나
> 묵직한 곳을 골라 잠시 펄럭거리다 가는 바람의 별자리들
> 불안한 어린 등을 토닥거리는 손이 있는
> 밤새, 별들이 지붕을 밟고 다니던 지붕 밑의 집

낮은 집의 지붕들 위를 발굴하듯 드러내다
점점 사라지는 별자리들
풍속을 더듬거리며 자라는 아이들이 있었고
자주 바뀌는 계절의 별자리를
헤아리다가 보수하는 가장이 있던 옛집
하늘 한 귀퉁이로 올라가는
전설을 중얼거리던 별자리가 있었다

—「펄럭거리는 별자리」부분

참으로 특이한 별이다. 광년의 거리 밖에서 타오르고 있는 별이 아니라 바로 눈앞에서 '펄럭거리는' 별이다. 수박처럼 "두드리면 통통 소리가 나던 푸른 별"(「푸른 별, 수박」)이다. "빛의 밝기로 자신을 얘기하는 별을 찾아보면 눈동자 뒤에서 춤을 추며 웹 속 흔적을 얘기해 몇 개의 검색어로 별의 밝기가 남아 있을 거야"(「환성」)라고 말하는 그런 별이다. 별이 종교적 거룩함이나 무한대의 시간, 무한대의 공간을 표상하지 않는 것이 특이하다.

2114 행성에서 검은 옷을 입고
두 팔을 벌려 우주의 종말론을 외치는 자
—영생을 얻는 티켓을 받아 평온을 얻으라
한쪽에서 귀를 막고 안드로메다 폰으로 통화를 하는 자
목소리가 덩달아 커진다 우주에는 소리가 없다

무표정의 얼굴들이 둥둥 떠 있는 별
은하철도 999의 메텔은 메갈로폴리스를 향해
소년들을 데리고 갔다
할렐루야 승객들이 손에 들고 있는 영생의 티켓
어느 정거장을 향해 가고 있나
철커덕철커덕 흔들리는 블랙홀 속 아이들
술 냄새, 향수 냄새, 땀 냄새를 쓰다듬으며
창문 너머 2115 행성을 기웃거린다
—「지하철 4호선, 철컥」 부분

　이 시에서도 별은 유한한 존재로서 때가 되면 사라져 블
랙홀이 된다. 사람이나 별이나 유한자라는 인식이 무척 새
롭다. 세기말에 종말론을 부르짖는 사람들을 지하철에서 정
말 자주, 많이 만날 수 있었는데 그분들, 지금은 어디서 무
엇을 하고 있는지 모르겠다. 믿으면 천당 가고 안 믿으면 지
옥 간다는 말도 그분들의 입을 통해 참 많이 들었는데 지금
도 "할렐루야 승객들이 손에 들고 있는 영생의 티켓"을 자랑
스럽게 말하는 사람들이 있다. 별이 이 시에서는 구원의 별
이 아니다. 마치 제2차 세계대전 때 유대인들의 가슴에 붙
어 있던 그 별인 것도 같다. 이미 등단작부터 권력이 지배하
는 각박한 현실세계에 뿌리를 박고 있어서 그런지 시인은
관념적이거나 추상적인 세계를 그리지 않고 현실적이고 구
체적인 문제에 천착하는 경향이 있다. 이제 시집의 표제시

로 삼은 작품을 읽어 보기로 하자.

> 벗나무에서 꽃잎이 떨어지는 찰나
> 주머니에 두 손 넣고
> 강가를 바라보는 남자에게
> ―사진 좀 찍어 주세요
> 머뭇거리던 그가 고개 돌려
> 목을 빼어 친구를 부른다
>
> 그 사이 성급한 꽃잎은
> 몇 프레임을 이미 지나간다
>
> 꽃잎이 바람에 날리며 말을 건다
> ―젊은 선글라스 씨 사진 좀 찍어 주세요
> 그는 오래전에 본 천연색 꽃이 떠오르는지
> 잡고 있던 지팡이로 셔터를 누른다
> 흑백의 답을 꽃잎에게 전한다
>
> 그 사이 벗꽃은 흰색에서
> 노란색으로 검은색으로 변한다
>
> 맑은 눈빛의 아이가 프레임 속을 들여다보며
> ―아무것도 없는데 무엇을 찍으려는 거죠

―다만 꽃잎 떨어진 벚나무 한 그루 있는데
　　―이걸 사진 찍으라는 건가요

　　주머니 속, 없는 손이 친구의 손을 부르고
　　선글라스 씨가 지팡이에게 도움을 청하고
　　아이가 자신의 맑은 눈을 빌리게 하며
　　꽃잎은 무엇을 기록하고 싶었나

　　순간의 시간을 놓아 버린 벚나무 가지가 앙상하다
　　　　　　　　　　　　　―「거절하는 몇 가지 방법」 전문

　우리는 사진을 찍으려고 행인의 발걸음을 멈추게 하는 경우가 종종 있다. 그런데 이 시 속의 남자는 사진 찍어 주기를 거부한다. 친구를 부르는데 오지는 않고 시간이 흘러간다. 흡사 일장춘몽처럼. 남가일몽처럼. 한 컷이 한순간인데 시간이 흘러가고 도끼 자루는 썩는다. "주머니 속, 없는 손"이라고 함은 이 남자가 손이 없다는 뜻인지도 모르겠다. 사진은 '人工'을, 벚나무는 '自然'을 상징한다. 사진은 '순간'을, 벚나무는 '시간'을 상징한다. 시인이 이 시를 통해 거절하고 싶은 것은 과연 무엇일까? 여기에 대해 해답을 주는 시가 있다.

　　비상 점멸등이 속도를 들어 올리는 시간

발자국들이 굳어 간다
1초 뒤가 먼 미래처럼
웃거나 소리치거나 화를 낸다
스쳐 지나가는 옷깃들을 순식간에 입었다 벗는다
이내, 그림자마저 벗는다

0이 되는 순간
나무는 죽거나 살아난다
일방이 사라진 통행은
길 위로 경적 소리와 욕설들이 쏟아진다
뛰는 아이는
죽은 자와 산 자들의 욕설을 동시에 듣는다

할머니가 임종하는 18초
닫히는 한 생을 열고
다급히 뛰어오는 아이가 있다

　　　　　　　　　　—「임종, 사거리를 지나는 시간」부분

　이 시에서 할머니가 임종을 맞이한 것은 뛰는 아이 때문이었다. 사고가 난 것이다. 아이를 피하려고 하다가 차가 할머니를 친 것이 아니었을까. 이런 교통사고는 우리나라뿐만 아니라 세계 곳곳에서 하루에도 몇 번씩 일어나는 흔한 사고이리라. 그런데 이 일을 시의 소재로 삼은 이유는 '18초'임을 말하고 싶어서이다. 18초는 아주 구체적인 시간이다. 시인은 '세월' 같은 막연한 시어를 사용하지 않는다. '밤하늘에 흩뿌려진 별' 같은 막연한 표현을 하지 않는다. 구체성 확보를 위해 혈관의 길이 120,000km와 이어폰의 길이 1.2m를 비교하기도 한다. 인간 혈관의 총 길이는 이렇게 긴데 이어폰 줄은 고작 1.2m다. 요즈음 행인은 열에 한 명은 귀에다 무엇을 꽂고 다니는 것 같다.

> 귀와 목을 연결하는 색깔의 핏줄들
> 양쪽 귀에 귀걸이처럼 부착하고
> 인간들이 거리를 활보한다
> 귓속으로 흘러들어 가는 128비트의 피
> 120,000km를 돌며 고요의 내부를
> 지구 밖으로 밀어 버린 듯
> 힘이 솟고 맥박이 뛰고 심장이 부풀어 올라
> 눈물이 나고 웃음이 터지기도 한다
> 그것은 가끔 꿈속까지 연결되어
> 캄캄한 곳을 돌며
> 하늘에서 떨어진 별을 실어 오기도 한다
> ―「120,000km + 1.2m」 부분

어찌 보면 희극적인 상황이다. 혼잣말을 하면서 가고 있는 것 같지만 실은 누군가와 대화를 하고 있는 중이다. 예전에는 자연의 이모저모가 신비의 대상이었는데 정보 세상인 지금, 별도 신비롭지가 않다. 물리학와 천체과학이 세상의 모든 신비한 자연현상들을 숫자로 설명하고 있는 이 시대에 시인은 과연 무엇을 할 수 있을까? 펜을 들어 이 세상을 새롭게 해석하고 규정하고 명명하는 것이다. 그 소임을 다하려고 하는 한 이 세상에는 종말이 오지 않을 것이다. 플라톤이 다시 나타나면 새로운 공화국에서 제일 필요한 인물이 시인이라고 주장할 것이다. 등단 7년 만에 시집을 내려고 하는 한명원 시인은 지나치게 신중하였다. 이제는 부지런히 쓰고 부지런히 시집을 내기 바란다. "이야기가 이야기를 낳는/산통이 시작되고 뼈들이 쏟아지"(「육필」)고 있으니 말이다.

시인의 말

매 순간과

이별을

견디기가 힘들어서 펜을 든다.

떠밀려 내려가는 시간

간절함으로 버티는 법을

배우는 동안

첫 시집이 세상에 나온다.

한 권의 시집을 위해

밤낮으로

애쓰신 실천문학 관계자분들께 감사하다.

2019년 12월 한명원

144